AF382881

Analyse de l'œuvre

Par Tommy Thiange et Kelly Carrein

L'Extraordinaire Voyage du fakir qui était resté coincé dans une armoire IKEA

de Romain Puértolas

lePetitLittéraire.fr

Rendez-vous sur lepetitlitteraire.fr et découvrez :

Plus de 1200 analyses
Claires et synthétiques
Téléchargeables en 30 secondes
À imprimer chez soi

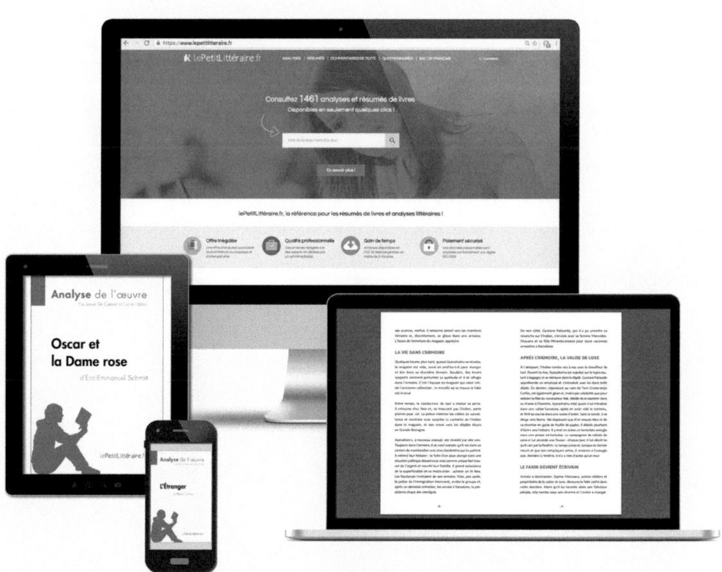

ROMAIN PUÉRTOLAS

ÉCRIVAIN FRANÇAIS

- **Né en 1975 à Montpellier**
- **Quelques-unes de ses œuvres :**
  - *Le Jour où Shakespeare a inventé le moonwalk* (2012), roman
  - *La Petite Fille qui avait avalé un nuage grand comme la tour Eiffel* (2015), roman
  - *Tout un été sans Facebook (2017)*, roman

Polyglotte à l'oreille musicale, Romain Puértolas a exercé plusieurs métiers, dont ceux de DJ, professeur de langue, traducteur et interprète, entre la France, l'Espagne et l'Angleterre. S'il a aussi animé un programme sur YouTube – qui dévoile les trucs et astuces des magiciens –, sa plus grande passion demeure celle de l'écriture : il écrit depuis toujours, sur n'importe quel support (téléphone portable, *Post-it*, etc.) et n'importe où (métro, poissonnerie, etc.).

Romain Puértolas est l'auteur de plusieurs romans qui n'ont jamais été édités. En 2013, lorsque parait *L'Extraordinaire Voyage du fakir qui était resté coincé dans une armoire IKEA*, il est encore lieutenant de police ; un métier qu'il abandonne suite au succès fulgurant de ce deuxième ouvrage – le premier publié par une maison d'édition.

L'EXTRAORDINAIRE VOYAGE DU FAKIR QUI ÉTAIT RESTÉ COINCÉ DANS UNE ARMOIRE IKEA

UN CONTE LOUFOQUE DEVENU UN SUCCÈS D'ÉDITION

- **Genre :** roman
- **Édition de référence :** *L'Extraordinaire Voyage du fakir qui était resté coincé dans une armoire IKEA*, Paris, Le Dilettante, 2013, 253 p.
- **1re édition :** 2013
- **Thématiques :** immigration, voyage, développement personnel, magie, farces et attrapes

Paru en 2013, *L'Extraordinaire Voyage du fakir qui était resté coincé dans une armoire IKEA* est le premier roman publié par Romain Puértolas. Il met en scène un fakir qui quitte son Rajasthan (État du nord-ouest de l'Inde) natal pour Paris, dans le but d'acheter le dernier modèle de lit à clous proposé par IKEA. Arnaqueur professionnel, il se met à dos un conducteur de taxi gitan, tombe amoureux d'une Française et finit enfermé dans une armoire de la célèbre enseigne suédoise. C'est le début d'une histoire rocambolesque au cours de laquelle les rencontres se succèdent pour faire de lui un homme meilleur.

Ce roman, véritable succès d'édition, a été la révélation de la rentrée littéraire 2013.

RÉSUMÉ

Au terme du roman, le livre qu'a écrit Ajatashatru Lavash Patel, fakir en provenance du Rajasthan, connait un succès planétaire. Il est inspiré des aventures qu'il a lui-même rencontrées quelques mois auparavant…

LA VIE AVANT L'ARMOIRE

Ajatashatru Lavash Patel débarque à Paris (grâce à une collecte des habitants de son village natal, qui croient en ses pouvoirs magiques) avec un objectif en tête : acheter chez IKEA le dernier modèle de lit à clous. Pour s'y rendre depuis l'aéroport, il grimpe dans un taxi dont le conducteur, Gustave Palourde, profite de sa méconnaissance de la ville pour tenter de l'arnaquer en se rendant dans l'IKEA le plus éloigné de l'aéroport.

Arrivé à destination, c'est finalement le fakir qui dupe le conducteur. Par un tour de passepasse, il paie sa course avec un faux billet de 100 euros imprimé sur une seule face et relié à son doigt par un fil transparent grâce auquel, en sortant de

la voiture, il récupère la note exorbitante récla-
mée par le chauffeur de taxi d'origine gitane. Il se
dirige vers l'entrée du magasin suédois.

Émerveillé, Ajatashatru découvre IKEA et décide
d'y dormir le soir même, car il n'a pas assez
d'argent pour payer un hôtel. Parti à la recherche
de son lit à clous, il apprend que ce dernier n'est
plus en stock, et qu'il faut le commander. Il sera
disponible le lendemain matin, mais le cout an-
noncé – 115,89 euros – est supérieur au montant
de son unique faux billet. Même s'il est déstabi-
lisé par ce rebondissement, il se met aussitôt en
quête de l'argent manquant et se dirige vers le
restaurant du magasin.

Grâce à un nouveau tour de fakir, il fait croire à
une femme qu'elle a brisé ses lunettes. Gênée,
celle-ci le dédommage de 20 euros et l'invite à
manger. Durant le repas, la Parisienne, Marie
Rivière, tombe sous le charme d'Ajatashatru et
entreprend de le séduire ouvertement. Même si
elle lui plait, celui-ci refuse ses avances, confus.

Le fakir parvient ensuite à demeurer à l'intérieur
du magasin après la fermeture, caché sous un lit
où il s'endort. Deux heures plus tard, il se réveille

affamé et vole de la nourriture au restaurant. Lorsque surviennent deux employés d'IKEA, effrayé à l'idée d'être découvert, il se réfugie dans une armoire. C'est l'équipe du magasin qui vient retirer l'ancienne collection : le meuble où se trouve le fakir est évacué.

LA VIE DANS L'ARMOIRE

Entretemps, le conducteur de taxi a réalisé sa perte. Il retourne chez IKEA et, ne trouvant pas l'Indien – qui, au même moment, est chargé dans un camion –, porte plainte pour vol. La police visionne les vidéos de surveillance, découvrant avec surprise la cachette de l'Indien dans le magasin, puis son envoi vers les dépôts de l'enseigne, situés en Grande-Bretagne.

Ajatashatru, à nouveau assoupi, est réveillé par des voix. Toujours dans l'armoire, il se rend compte qu'il est dans un camion de marchandise avec six clandestins qui parlent entre eux. Après qu'ils ont entendu le bruit provoqué par l'Indien qui tentait de sortir de l'armoire, les réfugiés le libèrent, puis lui racontent leur histoire : ils ont fui un pays plongé dans une situation politique désastreuse (le Soudan du Sud) avec comme unique but celui de trouver de l'argent pour nourrir leur famille après un long et dangereux périple. L'Indien prend alors conscience de la superficialité de sa motivation – acheter un lit IKEA.

Les Soudanais l'extraient de son armoire et lui demandent de raconter sa propre histoire. Alors que, honteux, il se refuse à dire la vérité et se résigne à mentir, la police de l'immigration intervient, arrête le groupe et, après un dérisoire entretien, les renvoie à Barcelone, précédente étape des immigrés.

De son côté, Gustave Palourde, qui n'a pu prendre sa revanche sur l'Indien, s'envole avec sa femme, Mercedes-Shayana, et sa fille, Miranda-Jessica, pour leurs vacances annuelles à Barcelone.

APRÈS L'ARMOIRE, LA VALISE DE LUXE

À l'aéroport, l'Indien tombe nez à nez avec le chauffeur de taxi. Durant la rixe qui les oppose, Ajatashatru est expulsé sur le tapis roulant à bagages et se retrouve dans le dépôt. Gustave Palourde appréhende un employé et, avec ce dernier, s'y introduit à son tour. Cet employé, répondant au nom de Tom Cruise-Jesús Cortés Santamaría, est également gitan, mais c'est moins par solidarité que pour séduire la fille du conducteur lésé, qu'il décide de le soutenir dans sa chasse à l'homme.

Pour leur échapper, Ajatashatru s'est introduit dans une malle remplie de vêtements et de produits de luxe après en avoir vidé le contenu. Il finit alors sa course dans une soute d'avion, sans avoir pu visiter Barcelone – comme il espérait initialement le faire. Sans le savoir, le fakir se dirige maintenant vers Rome. Toujours dans la soute de l'avion, il parvient à s'extraire de la malle.

Ne disposant que d'un crayon IKEA et de sa chemise pour seul support, il décide alors d'écrire une histoire. Bien qu'il ait souvent eu envie d'écrire, il n'était encore jamais passé à l'acte. Il met alors en scène, dans une prison sri-lankaise, un terroriste afghan aveugle dont le compagnon de cellule lui accorde une faveur : chaque jour, il lui décrit ce qu'il voit par la fenêtre.

Le temps passe et, lorsque ce dernier meurt, son remplaçant annonce à l'aveugle que, derrière la fenêtre, il n'y a rien d'autre qu'un mur ; son ami avait inventé de toutes pièces les descriptions qu'il avait faites dans le seul but de lui faire plaisir. Ajatashatru se montre très fier de cette première production. Lorsqu'il termine son œuvre, il regagne l'intérieur de la malle.

LE FAKIR DEVIENT ÉCRIVAIN

Arrivée à destination, Sophie Morceaux, actrice célèbre et propriétaire de la valise de luxe, y découvre le fakir caché. Alors qu'il lui raconte son fabuleux périple, elle se prend d'affection pour lui et l'invite à partager le même hôtel qu'elle. Tandis que l'actrice lui fait parvenir de nouveaux vêtements, il décide d'acter son changement d'attitude en ôtant ses piercings et en rasant sa moustache.

Ajatashatru et Morceaux partagent ensuite un repas au cours duquel le fakir rencontre Hervé, l'agent de Sophie qui, sous son impulsion, lui arrange une rencontre avec une maison d'édition. Le lendemain, l'Indien téléphone à Marie et lui promet de la rejoindre à Paris, sans savoir comment il y arrivera. Il rencontre ensuite le représentant de la maison d'édition, qui se montre intéressé par son texte et lui offre une avance de 100 000 euros en liquide. Par mesure de sécurité, il décide de garder l'argent avec lui.

Sur ces entrefaites, dans le dépôt de l'aéroport de Barcelone, Gustave Palourde retrouve les robes que contenait la valise de l'actrice, avant que n'y prenne place l'Indien. Avec l'aide de sa femme, très au fait de l'actualité *people*, il comprend qu'il s'agit de celles de Sophie Morceaux et découvre, grâce à Tom Cruise-Jesús Cortés, que celle-ci est sur un vol à destination de Rome. Il demande alors à son cousin Gino, résident romain, de retrouver l'Indien voleur.

Se faisant passer pour un coiffeur, l'Italien retrouve l'Indien à l'hôtel. Après une confrontation physique, Ajatashatru prend la fuite et se réfugie dans une montgolfière qui transporte habituellement des touristes. Celle-ci se défait malencontreusement de ses liens et l'Indien se retrouve dans le ciel avec son pactole.

DU CIEL À LA MER, DE LA MER AU MARIAGE

À court de carburant, la montgolfière amerrit,

puis est repêchée par un bateau en chemin vers la Libye. Le capitaine, Aden Fik, tente de s'approprier la fortune du fakir, mais ce dernier, grâce à son faux billet de 100 euros et à ses talents de manipulateur, parvient à lui faire croire qu'il s'agit d'une valise remplie de faux billets de banque en pain d'azyme. Le capitaine, gourmand, lui en réclame une partie. Ajatashatru arrive alors en Libye avec 85 000 euros.

Une fois sur place, il retrouve par hasard Wiraj, l'un des Soudanais qu'il avait rencontrés durant son voyage vers l'Angleterre. L'Africain n'a pas réussi à rejoindre l'Angleterre et a été renvoyé de pays en pays, les forces de l'ordre cherchant avant tout à se débarrasser de lui. L'Indien raconte à son ami son histoire, depuis son enfance jusqu'à ses tromperies pour pouvoir partir en France. Honteux de ses supercheries et touché par le parcours d'immigré de Wiraj, Ajatashatru décide de lui céder 40 000 euros.

Après cinq jours d'attente interminable – car des rebelles se sont installés sur les pistes de l'aéroport et doivent être délogés –, il monte à bord d'un avion en direction de la France pour rejoindre Marie. Il ne se sent plus à sa place en

Inde et est déterminé à commencer une nouvelle vie aux côtés de la femme qu'il aime.

À Paris, Marie prend le taxi pour le rejoindre ; Gustave Palourde en est justement le conducteur. Il doit lui aussi se rendre à l'aéroport pour chercher son cousin romain, qui se déplace spécialement pour le mariage de sa fille et de Tom Cruise-Jesús Cortés, l'employé de l'aéroport. Ajatashatru et Gustave se rencontrent alors une ultime fois. Pour s'excuser, l'Indien le dédommage de 500 euros.

Quelques mois plus tard, c'est au tour d'Ajatashatru de demander Marie en mariage, lors d'un repas romantique. L'Indien continue également à faire le bien, en dépensant une majeure partie de ses droits d'auteur pour aider les plus démunis.

ÉTUDES DES PERSONNAGES

AJATASHATRU LAVASH PATEL

Fakir indien de 38 ans, originaire de Jaipur, la capitale du Rajasthan, Ajatashatru Lavash Patel est le héros du roman. Il se rend en France pour acheter un lit à clous de l'enseigne suédoise IKEA. Arnaqueur bas de gamme, il se retrouve malgré lui emporté dans un périple qui le changera à jamais.

Ajatashatru a tout du fakir stéréotypé : c'est un homme d'âge mûr, grand, basané, percé d'anneaux et portant une énorme moustache ainsi qu'un turban. Il a loué ses vêtements occidentaux (un costume et une cravate), mais ceux-ci demeurent froissés tout au long du roman. Il est célèbre dans tout le Rajasthan pour ses tours de passepasse : « Avaler des sabres escamotables, manger des bris de verre en sucre sans calories, se planter des aiguilles truquées dans les bras », etc. (p. 18)

Son enfance a été marquée par la mort de sa mère, le rejet de sa mère adoptive, la famine et les abus sexuels. En échange d'une fellation, un Anglais lui a par exemple donné un briquet avec lequel il a appris à exécuter ses premiers tours. Durant son adolescence, un yogi (sage hindouiste) lui a révélé tous les secrets des fakirs, tout en abusant de lui. Ensuite, il a été employé par un maharadja qui l'a renvoyé lorsqu'il a découvert que le fakir était un escroc.

De fait, l'arnaque fait partie du quotidien d'Ajatashatru. Enfermé par hasard dans une armoire IKEA, il est d'ailleurs poursuivi de Paris à Barcelone, puis à Rome, par Gustave Palourde, le conducteur de taxi qu'il a escroqué lors de son arrivée à Paris. Mais tout au long de ce périple, il fait différentes rencontres qui le marquent et le changent profondément : les mauvaises mettent à l'épreuve son talent de fakir, les bonnes le poussent à se remettre en question et l'aident à devenir progressivement une meilleure personne.

Ainsi, tandis que les Soudanais lui font prendre conscience qu'il existe un monde bien plus sombre encore que celui qu'il a connu en Inde,

Marie lui montre qu'il est digne d'être aimé et lui fait comprendre qu'il n'est pas trop tard pour devenir un honnête homme.

GUSTAVE PALOURDE

Âgé d'une cinquantaine d'années, Gustave Palourde est le stéréotype même du parfait gitan : il a par exemple une pilosité abondante et arbore des bijoux en or aux mains ainsi qu'autour du cou (« Eh, pardi ! répondit Gustave, comme si c'était une évidence, tout en agitant ses gros doigts ornés de bagues en or. Je suis Gitan, oui », p. 115). Cupide, il tente d'abord d'arnaquer Ajatashatru en l'amenant dans le magasin IKEA le plus éloigné de l'aéroport, mais sa malhonnê-teté se retourne contre lui, puisqu'il est lui-même escroqué par le fakir.

Chauffeur de taxi d'origine gitane, marié et père d'une fille avec qui il vit dans une caravane, Gustave Palourde se fait en effet voler le mon-tant d'une course de 100 euros par Ajatashatru. Pour se venger, il porte d'abord une plainte qui n'aboutit pas, à cause du départ d'Ajatashatru pour l'Angleterre. Lorsqu'il retrouve le fakir par hasard à Barcelone, il l'attaque et le poursuit.

Sa fierté et son honneur semblent avoir grandement souffert de ce vol, ce qui le pousse à vouloir se venger à tout prix. Plus tard, lorsqu'il apprend que l'Indien est en partance pour Rome, il demande de l'aide à son cousin Gino. Le vol des 100 euros devient donc une affaire familiale, et puisque l'honneur d'un membre de sa famille a été bafoué, Gino n'hésite pas à se mettre hors la loi pour le venger, sans succès.

Au terme du roman, Palourde retrouve finalement Patel à Paris, où tous deux se réconcilient. Tout au long du roman, Gustave joue le rôle d'antagoniste. Il représente un ennemi auquel Ajatashatru ne peut pas échapper : même lorsque le Gitan n'est pas présent à ses côtés (en Italie), ses actions mettent l'Indien en danger. Ce personnage est également important, car c'est le seul à avoir conscience des manigances d'Ajatashatru et à ne pas s'être laissé berner par celui-ci.

MERCEDES-SHAYANA, MIRANDA-JESSICA ET GINO

Il s'agit des membres de la famille de Gustave.

Mercedes-Shayana, sa femme, est très bavarde (trop aux yeux de son mari). Elle adore les magazines *people*, s'habille avec mauvais gout et a déjà volé l'argent de son époux. Tous deux ont peu de choses à se dire.

Miranda-Jessica, sa fille, est décrite comme sexy, blonde et très maquillée, mais peu cultivée. Elle aime séduire des garçons lorsqu'elle est en vacances et tombe finalement amoureuse du flegmatique Tom Cruise-Jesús Cortés, employé à l'aéroport de Barcelone, qu'elle épouse au terme du roman.

Gino, son cousin, est un petit homme basané, coiffeur gitan qui réside à Rome. De Gustave Palourde il reçoit l'ordre de poursuivre l'Indien dès l'arrivée de ce dernier dans la capitale italienne.

MARIE RIVIÈRE

Marie Rivière est une jolie bourgeoise parisienne, blonde et bronzée, qui a dépassé la quarantaine. Indécrottable romantique, elle cherche désespérément l'amour sur Internet. Tendre et amicale, elle tombe amoureuse du fakir lors de leur première rencontre dans l'IKEA parisien, lorsque celui-ci lui vole la somme qu'il lui manque pour acheter son lit à clous ; une action qu'il finira par regretter lorsqu'il tombera sous le charme de la Française.

De fait, Marie est la première personne à faire ressentir de la culpabilité à Ajatashatru. Lors de son séjour à Rome, l'Indien lui téléphone : comme elle ne répond pas, il réalise l'erreur qu'il a commise en refusant ses avances. Ne se décourageant pas pour autant, il la rappelle à nouveau et, lorsqu'elle décroche, il lui annonce qu'il compte la rejoindre à Paris.

Lorsque la montgolfière dans laquelle le fakir se trouve embarqué en fuyant la capitale italienne se crashe, la peur de mourir lui fait prendre conscience à quel point il désire connaitre l'amour avec Marie. Quelques mois après son retour à Paris, Ajatashatru la demande d'ailleurs en mariage.

Marie Rivière est un personnage-clé sur le parcours d'Ajatashatru. C'est grâce à cette rencontre que l'Indien parvient à se percevoir autrement que comme un escroc : dans le regard de Marie, il comprend qu'il peut aussi être une belle personne.

WIRAJ

Lors de son voyage en camion vers la Grande-Bretagne, Ajatashatru rencontre un groupe de cinq Soudanais en provenance de Barcelone. Wiraj est leur leadeur. Après lui avoir raconté leur histoire (ils ont fui la misère du Soudan du Sud dans le but d'atteindre l'Angleterre, de trouver du travail et de gagner de quoi nourrir leur famille), ces hommes aident le fakir à sortir de l'armoire. Ils sont ensuite rapidement séparés par la police de l'immigration.

Mais Ajatashatru recroisera Wiraj plus tard, en Libye, où il lui donnera une partie de l'avance reçue pour la publication de son livre. Avec cet argent, Wiraj rentre au Soudan pour investir dans la construction d'une école et aider les familles défavorisées. À l'instar de Marie, il agit donc comme un révélateur des qualités enfouies, mais profondes, d'Ajatashatru.

SOPHIE MORCEAUX

Belle et célèbre actrice, connue entre autres pour son rôle de *James Bond girl*, Sophie Morceaux est une « jeune fille aux yeux verts et aux cheveux noisettes » (p. 147). Elle trouve Ajatashatru dans sa valise et, charmée par son histoire, l'invite à diner. Grâce à elle, il obtiendra un contrat dans une maison d'édition et une avance pour son livre.

Comme son nom l'indique sans équivoque, ce personnage est inspiré de Sophie Marceau (actrice française, née en 1966). Détourner le nom d'une personnalité permet à l'auteur d'ancrer son récit dans une réalité connue – puisqu'une écrasante majorité de ses lecteurs connait sans aucun doute l'actrice –, tout en lui conférant une dimension parodique.

CLÉS DE LECTURE

LE SCHÉMA NARRATIF

Le roman de Romain Puértolas emprunte au conte sa structure ordinairement simple, celle d'un récit linéaire dont le déroulement est constitué d'une succession de péripéties qui s'enchainent logiquement. Dès lors, issu de la linguistique structurale des années 1960, le schéma narratif doit nous permettre d'en dégager les grandes étapes, depuis le déséquilibre produit dans la situation initiale jusqu'à la situation finale, en passant par la série d'aventures auxquelles est exposée le protagoniste avant d'en tirer quelque enseignement.

Situation initiale : c'est le début de l'histoire, le moment où on plante le décor et où on présente les personnages ; la situation est équilibrée, c'est-à-dire qu'elle n'a aucune raison d'évoluer.

- Ajatashatru arrive en France : il veut acheter un lit chez IKEA, et le vendeur est tout disposé à le lui vendre.

Élément perturbateur : c'est un évènement qui vient perturber la situation initiale et qui va déclencher l'histoire proprement dite.

- Ici, tout débute lorsque le vendeur annonce à l'Indien que le lit qu'il désire est plus cher que ce à quoi il s'attendait. Dès lors, le héros arnaque Marie et veut passer la nuit chez IKEA. C'est à ce moment-là qu'il est enfermé dans l'armoire.

Péripéties : ce sont les évènements provoqués par l'élément perturbateur et qui entrainent la ou les actions entreprises par le héros pour résoudre le problème. Ici, les péripéties sont nombreuses :

- l'enferment dans l'armoire ;
- la rencontre avec les Soudanais ;
- l'interrogatoire en Grande-Bretagne et le renvoi vers Barcelone ;
- la nouvelle confrontation entre Gustave Palourde et Ajatashatru ;
- l'arrivée de l'Indien à Rome, dans la malle de Sophie Morceaux ;
- la fuite en montgolfière et l'arrivée sur le bateau, puis au Liban.

Dénouement : il met un terme aux péripéties et conduit à la situation finale.

- L'Indien est arrivé au Liban. Il se rend compte de la misère des migrants et de son désir de retrouver Marie pour construire un futur à ses côtés.

Situation finale : c'est la fin de l'histoire. La situation est à nouveau stable, comme la situation initiale, mais elle a subi des transformations.

- À la fin du roman, Marie et Ajatashatru sont fiancés. Les transformations les plus significatives sont celles subies par l'Indien d'un point de vue psychologique : d'escroc doué et menteur invétéré, il est devenu un homme sincère et aimant.

UN CONTE MODERNE ?

Le conte est par définition un récit bref qui met en scène des aventures merveilleuses, ou du moins sortant de l'ordinaire. Il existe plusieurs sortes de contes (contes de fées, fantastiques, satiriques, philosophiques, etc.). Les premiers contes apparaissent dès l'Antiquité (les *Métamorphoses* d'Apulée [écrivain latin, vers 125-170], IIe siècle), puis certains ouvrages du Moyen Âge (*Les Contes de Cantorbéry* [1387-1400] de Chaucer [poète anglais, vers 1340-1400], le *Décaméron* [1348-1353] de Boccace [écrivain italien, 1313-1375]) en influenceront le développement : leurs auteurs sont en effet les premiers à intégrer par écrit des éléments populaires de la tradition orale.

Cependant, on ne parle du conte comme d'un genre littéraire qu'à partir de la fin du XVIIe siècle. C'est à ce moment qu'il apparait dans la littéraire imprimée, notamment grâce à Charles Perrault (écrivain français, 1628-1703). Le XVIIIe siècle, souvent désigné comme l'âge d'or du conte, voit celui-ci détourné par certains auteurs comme Voltaire (écrivain français, 1694-1778), qui l'utilisent pour faire passer un message d'ordre politique ou philosophique.

Au XIXe siècle, surtout en Allemagne, le conte devient un genre littéraire autonome : les auteurs phares de cette époque sont Hoffmann (écrivain et compositeur allemand, 1776-1822) et les frères Jakob et Wilhelm Grimm (écrivains et philologues allemands, 1785-1863 et 1786-1859).

Depuis le XXe siècle, le conte est en net recul sur

le marché littéraire – à l'exception des contes pour enfants. Le choix de Romain Puértolas de proposer un conte à notre époque est donc pour le moins audacieux et original. Avec *L'Extraordinaire Voyage du fakir qui était resté coincé dans une armoire IKEA,* il s'inscrit dans cette prestigieuse lignée de conteurs et son œuvre conserve de nombreuses similitudes avec le conte traditionnel :

- **des personnages stéréotypés.** Chaque personnage est élaboré d'après une image populaire et caricaturale, c'est-à-dire développé à partir d'une simplification abusive de traits de caractère réels ou supposés réels. Par exemple, le fakir indien est un escroc dont la vie entière est faite de tours de passepasse pour soutirer de l'argent aux spectateurs, le gitan doté de bijoux en or et d'une pilosité abondante tient l'honneur et la vengeance en une priorité absolue, l'actrice de cinéma qui est lassée du show-biz, la femme divorcée qui veut à tout prix retrouver l'amour, etc. ;
- **un narrateur externe et omniscient.** Le récit est ici écrit à la troisième personne du singulier, et le narrateur, capable d'observer tous

les faits et gestes, sait tout des personnages. Il peut ainsi décrire leurs pensées, leurs sentiments, mais également rapporter ce qui se passe dans plusieurs endroits simultanément ;

- **des aventures extraordinaires.** Le parcours d'Ajatashatru n'a rien de commun. Dès le départ, le ton est donné : l'Indien se déplace en France pour acheter un lit IKEA, ce qui est évidemment une action peu ordinaire. Se succèderont ensuite des évènements extraordinaires, c'est-à-dire qui étonnent par leur étrangeté et leur originalité (l'enfermement dans l'armoire puis dans la malle de Sophie, l'écriture de son roman sur une chemise, la fuite en montgolfière, etc.) ;
- **un dénouement sous la forme du *happy end*.** De fait, le roman s'achève sur plusieurs évènements heureux :
  - la réconciliation du chauffeur de taxi et de l'Indien ;
  - le mariage de Miranda-Jessica et Tom Cruise-Jesús Cortés ;
  - la demande en mariage d'Ajatashatru à Marie ;
  - la construction d'une école au Soudan par Wiraj avec l'argent reçu du fakir ;

- la création d'une association pour aider les nécessiteux grâce aux bénéfices du roman de l'Indien ;
  - la décision de la famille d'Ajatashatru qui envisage de venir le rejoindre à Paris.
- **une dimension morale.** D'une part, *L'Extraordinaire Voyage du fakir qui était resté coincé dans une armoire IKEA* met en scène l'évolution morale du personnage principal (la personnalité d'Ajatashatru évolue en effet tout au long du récit au fil des péripéties, et c'est aux termes de cinq électrochocs qu'il devient une personne bienveillante) et, d'autre part, le roman contient un enseignement moral, dès lors qu'il promeut l'idée qu'il faut de se comporter en homme honnête et qu'aider son prochain procure plus de bonheur et de satisfaction personnelle que le vol et le mensonge.

Pour autant, le roman de Romain Puértolas s'inscrit indéniablement dans notre société du XXe siècle. De nombreux éléments propres à notre époque, que nous ne retrouvons par conséquent pas dans les contes dits traditionnels, jalonnent en effet le texte : l'avion, le magasin IKEA, la montgolfière, le camion, le taxi, le téléphone, etc. À l'instar des personnages de contes du XVIIIe siècle, qui propulsaient un personnage occidental dans un monde oriental ou l'inverse, Ajatashatru arrive dans un monde moderne, entièrement différent de celui, plus précaire, qu'il connait en Inde. Dès lors, cette confrontation peut être rapprochée du choc culturel tel qu'il est présenté dans les contes traditionnels.

LE DÉVELOPPEMENT PERSONNEL DU HÉROS

À l'instar du *Candide* (1759) de Voltaire, *L'Extraordinaire Voyage du fakir qui était resté coincé dans une armoire IKEA* est aussi un récit de voyage et de formation mettant en scène l'évolution et le développement moral, psychologique et intellectuel d'un protagoniste qui, triomphant d'une série d'obstacles, progresse vers une meilleure compréhension du monde et de lui-même tout en accédant au bonheur.

CANDIDE OU L'OPTIMISME (1759)

Ce conte philosophique connut un grand succès littéraire : il fut réédité 20 fois entre janvier 1759 et la mort de Voltaire, en 1778. Il relate l'histoire de Candide, un jeune garçon chassé d'un monde idyllique qui découvre ensuite le monde au fil d'un voyage initiatique à travers la Bulgarie, le Portugal et le Paraguay.

Le récit s'achève à Constantinople (Turquie), où Candide peut enfin retrouver Cunégonde, la femme qu'il aime et à cause de laquelle il avait été chassé. Mais celle-ci est devenue laide, et la vie qui l'attend avec elle ne s'annonce pas des plus idylliques...

La leçon du conte, « il faut cultiver son jardin » (une expression passée dans le langage courant), signifie qu'il faut faire confiance à sa destinée, accepter sa condition tout en construisant un monde à sa mesure.

Le roman de Puértolas, dont le héros est en définitive un « candide enturbanné » (BÉRAUD-SUDREAU C., « *L'Extraordinaire Voyage du fakir qui était resté coincé dans une armoire IKEA*, de Romain Puértolas », in *express.fr*, 30 novembre 2013), est souvent rapproché de *Candide* par les critiques, car les deux œuvres partagent le point de commun de présenter un voyage initiatique semé d'embuches, au terme duquel le protagoniste évolue psychologiquement et découvre le bonheur véritable.

Dans le roman de Romain Puértolas, la personnalité du personnage principal évolue en effet au cours de l'histoire. Aux termes de cinq étapes, Ajatashatru, qui avait initialement des tendances malhonnêtes et manipulatrices, devient une personne généreuse et attentive aux autres.

* Le premier « électrochoc » (p. 46) a lieu lors de sa rencontre avec Marie : « Des fois, il suffit que les gens vous voient d'une certaine manière, qui plus est si l'image est valorisante, pour vous transformer en belle personne. Ce fut le premier coup d'électrochoc que le fakir reçut en plein cœur » (*ibid.*).
* Le deuxième intervient lorsque le fakir prend conscience de la situation précaire des Soudanais : « Ce fut le deuxième coup d'électrochoc que le fakir reçut en plein cœur » (p. 80).
* Le troisième est provoqué par la fierté qu'il ressent en ayant écrit son premier roman : « Cette fierté d'avoir pu mettre en mots ses

idées, ce fut le troisième coup d'électrochoc que le fakir reçut en plein cœur » (p. 144).

- L'avant-dernier survient après qu'il a été aidé par Sophie : « Ce fut là le quatrième coup d'électrochoc que le fakir reçut en plein cœur depuis le début de cette aventure. On venait encore de l'aider » (p. 149).

- Enfin, son dernier électrochoc est la conséquence d'avoir aidé un jeune Libanais en difficulté : « Et ce fut là le cinquième électrochoc qui secoua son cœur depuis le début de cette aventure » (p. 212).

Le fakir apprendra entre autres que :

- il est possible de se (re)découvrir dans le regard de l'autre. Lors de sa rencontre avec Marie, celle-ci le voit comme une belle personne, et cela ne manque pas d'influencer positivement la perception qu'il a de lui-même. Cette rencontre lui donne également envie de s'améliorer pour mieux correspondre à l'idée que Marie a de lui ;

- il aspire lui-même à être quelqu'un de bien. De fait, lorsqu'il se trouve dans l'avion faisant la liaison entre Barcelone et Rome, sa volonté de survivre est fondée sur l'espoir qu'il a de devenir un homme honnête, ce qu'il n'aurait jamais pensé vouloir être au début du roman ;

- avant de se plaindre, il faut regarder autour de soi, car il existe toujours quelqu'un qui vit une situation pire que la nôtre. La confrontation avec les immigrés aux parcours plus douloureux que le sien lui permettra ainsi de relativiser ses propres tracas ;
- l'écriture est salvatrice, car coucher ses idées sur papier est libérateur. Écrire permet à Ajatashatru de prendre du recul, de mieux comprendre sa vie. L'histoire qu'il imagine, celle de l'aveugle bercée par les fausses (mais belles) descriptions de son compagnon de cellule, prouve qu'il a compris à quel point les autres sont importants dans l'élaboration de sa propre vision du monde ;
- même si l'on ne s'en rend pas toujours compte, le monde est peuplé de personnes prêtes à aider leur prochain. Le fakir le remarque notamment lors de sa rencontre avec Sophie Morceaux. Elle lui offre des vêtements, un souper et lui trouve un agent, sans rien lui demander en retour. Il s'en inspirera d'ailleurs pour devenir lui-même plus altruiste ;
- aider les autres apporte joie et sérénité.

Lorsque l'Indien offre une partie de son argent à un Africain en difficulté et à Wiraj, il découvre à quel point aider les autres lui est également profitable.

Le personnage principal a donc diamétralement changé entre le début et la fin du roman : le manipulateur et menteur sans vergogne est devenu un homme altruiste, préoccupé par le sort des plus démunis, en particulier celui des migrants.

L'IMMIGRATION

Le conte de Romain Puértolas contient encore les germes d'une critique politique et sociale sur le thème de l'immigration de masse, phénomène majeur de notre époque.

S'emparant donc de ce sujet d'actualité à travers sa fiction, l'auteur s'applique à dénoncer les conditions de vie désastreuses que rencontrent les immigrés d'un bout à l'autre de leur périlleux voyage. Ceux-là sont notamment confrontés :

- **au stress permanent.** Les immigrés vivent dans la peur constante de se faire prendre et d'être renvoyés dans leur pays : « Avoir le cœur qui frappe dans la poitrine chaque fois que le camion ralentit, chaque fois qu'il s'arrête. La peur d'être découvert par la police, recroque-villé derrière un carton [...] » (p. 78) ;

- **à la pénibilité des conditions de transport.** Ils voyagent la plupart du temps via des passeurs. Après leur avoir payé un droit de passage élevé, les clandestins se déplacent encore dans des conditions précaires (entassés dans des camions, des bateaux, etc.) : « Une nuit, ils avaient embarqué sur un bateau de fortune, avec soixante personnes [...] » (p. 74) ;

- **aux troubles identitaires.** Leur identité est en effet définie en fonction de leurs interlocuteurs, de sorte qu'ils ne savent plus très bien qui ils sont : « Pour la police, ils étaient des clandestins, pour la Croix-Rouge, ils étaient des hommes en détresse » (p. 75) ;

- **au danger perpétuel, quelle qu'en soit la forme**. Lorsqu'il arrive en Libye, Ajatashatru observe un Noir qui ne peut tenter la traversée, car il vient de se faire dépouiller de son argent. L'Indien est alors partagé, car il veut à la fois lui vanter les mérites de l'Europe, mais aussi le mettre en garde contre les dangers mortels (noyade, asphyxie, intoxication, etc.)

qu'il pourrait rencontrer sur la route ;

- **à la pauvreté.** Si les migrants entreprennent de si grands périples, ce n'est pas pour des raisons aussi futiles que celles d'Ajatashatru. Ils fuient une pauvreté certaine et cherchent, par leur voyage, à sortir leurs proches de la misère (« La misère et la faim avaient germé comme deux maladies jumelles, pourrissant et détruisant tout sur leur passage », p. 77) ;
- **à la stigmatisation.** Les immigrés subissent de nombreuses humiliations et s'accrochent non sans mal au peu d'honneur et de dignité qui leur reste dans leur situation : « L'humiliation. Car même les clandestins avaient leur honneur. Dépossédés de leurs biens, de leur passeport, de leur identité, c'était peut-être bien la seule chose qui leur restait. » (p. 78) ;
- **à l'injustice (de la naissance).** « Pourquoi certains naissaient-ils ici et d'autres là ? Pourquoi certains avaient-ils tout, et d'autres rien ? Pourquoi certains vivaient-ils, et d'autres, toujours les mêmes, n'avaient-ils que le droit de se taire et de mourir ? » (p. 180), se demande le narrateur. Les conditions de vie déplorables des immigrés ne sont jamais que le résultat du hasard, qui les a fait naitre au mauvais endroit.

Par son extraordinaire périple, Ajatashatru est en mesure de comprendre – et de nous donner à comprendre – le calvaire des migrants, sans pour autant en être tout à fait un lui-même, puisqu'il ne partage ni leurs motivations ni leurs conditions. Il découvre ainsi la peur de mourir à plusieurs reprises (dans la soute de l'avion reliant Barcelone à Rome, dans sa chute en montgol-fière, etc.), l'injustice dont font preuve les forces de police, le sentiment d'être clandestin, et de ne pas avoir le droit d'être dans le pays où on se trouve, les conditions de vie extrêmement difficiles, etc.

UNE AVENTURE COMIQUE

À ce volet critique se superpose bien sûr une dimension comique, puisque Roman Puértolas recourt ici très largement à différentes formes d'humour. Grâce à un jeu perpétuel sur le style, l'auteur parvient à tirer des (sou)rires de ses lecteurs, et à rendre comique des situations qui peuvent paraitre plus que banales. Pour ce faire, il s'appuie sur différents procédés.

La répétition

Plusieurs éléments apparaissent à de nombreuses reprises au sein du texte, et leur récurrence prête à sourire car, comme le souligne Henri Bergson (philosophe français, 1859-1941) dans son essai *Le Rire* (1900), la répétition transforme la vie, qui ne devrait pas se répéter, en un procédé mécanique qui cause le rire. L'exemple le plus flagrant est la description d'Ajatashatru Patel, qui est répétée très régulièrement, dans un ordre toujours identique : « Un homme d'âge moyen, grand, sec et noueux comme un arbre » (p. 13, p. 57, p. 85, p. 111, p. 122, p. 148, p. 157 et p. 198).

Il y a également des moments où l'auteur répète les propos d'un personnage pour accentuer une idée et, surtout, créer une certaine incongruité qui prête à sourire : « Je ne vois pas très bien la correspondance entre les couleurs et les ani-maux, avoua Ajatashatru qui ne voyait pas très bien la correspondance entre les couleurs et les animaux mentionnés. » (p. 29)

Les jeux de mots

Les noms des personnages indiens forment une

source d'amusement inépuisable pour l'auteur, qui rapproche ainsi les sonorités indiennes de mots français à de nombreuses reprises. Citons à titre d'exemple : « Ajatashatru Lavash (prononcez "J'attache ta charrue, la vache") » (p. 16) ; « Ajatashatru (prononcez "Achète un chat roux") » (p. 17).

Autre exemple, le nom du lit à clous d'IKEA, « Kisifrötsipik » (p. 28), qui est formé sur un jeu de mots (« qui s'y frotte, s'y pique ») et constitue aussi une manière de se moquer des noms suédois – souvent imprononçables pour des francophones – attribués aux meubles de l'enseigne.

Les figures de style

L'auteur nourrit son texte de nombreuses figures de style, très imagées et toujours présentées avec légèreté.

Les comparaisons servent surtout à rapprocher le physique de l'Indien d'éléments faisant partie du quotidien (« Il avait plusieurs anneaux dans les oreilles et sur les lèvres, comme s'il avait voulu refermer tout cela après usage à la manière d'une fermeture Éclair », p. 13). Elles sont aussi sources de ridicule, lorsqu'elles introduisent un décalage burlesque entre la grandeur – ici la dimension sacrée – et la trivialité : « Ikea, c'était un peu sa grotte de Lourdes à lui » (p. 38).

L'ironie – moquerie sarcastique – est aussi employée, tantôt pour décrire l'Indien et son mode de vie (« Ajatashatru, qui avait […] fait le choix d'une diète alimentaire équilibrée à base de clous bios et autres vis », p. 37), tantôt pour dresser un contraste avec l'Europe et accentuer l'écart qui sépare ces différentes cultures (« Le président de la France s'appelait Hollande. Tiens, quelle drôle d'idée ! Le président de la Hollande s'appelait-il monsieur France, à tout hasard ? Ces Européens étaient bien étranges », p. 51).

Derrière le couvert de la satire et de l'ironie, l'auteur dénonce encore la société de consommation qu'il connait et dont l'enseigne IKEA vient finalement constituer le symbole. À travers le regard de l'Indien, qui découvre le magasin, les Européens, habitués aux merveilles technologiques à tel point qu'ils ne s'en émerveillent plus, sont pointés du doigt : « Il était assez surprenant de voir combien ces artifices, qu'il considérait comme des joyaux de la technologie moderne, étaient d'une banalité affligeante pour les Européens qui n'y faisaient même plus attention. » (p. 21) La société de consommation à outrage est également moquée (« Monsieur Ikea avait développé un concept commercial pour le moins insolite : la visite forcée de son magasin », p. 24).

Derrière un titre d'apparence loufoque se cache un récit bien ancré dans la société actuelle, que ce soit via les multiples références à la culture populaire (*Harry Potter*, *Secret Story*, etc.) ou les problématiques dénoncées (la vague de migrants et le traitement inhumain et injuste infligé à ceux-ci). Romain Puértolas utilise le voile de l'humour absurde pour faire passer un message univoque : les migrants sont baladés de pays en pays sans considération comme l'est Ajatashatru, mais de façon beaucoup moins drôle.

PISTES DE RÉFLEXION

QUELQUES QUESTIONS POUR APPROFONDIR SA RÉFLEXION...

- Au début du récit, le personnage principal ne semble pas avoir conscience de son immoralité. Illustrez et commentez.
- Quelle leçon le fakir tire-t-il de son séjour aux côtés de Sophie Morceaux ? Quel impact cela a-t-il sur la fin du récit ?
- En quoi peut-on dire qu'il s'agit ici d'un récit d'apprentissage ? Réalisez une comparaison de la personnalité du fakir avant et après son extraordinaire voyage.
- Dans son roman, l'auteur dénonce les conditions de vie désastreuses des immigrés. Relevez-les et commentez-les.
- Certains passages du texte critiquent le modèle IKEA. Illustrez, commentez et dites aussi en quoi ces épisodes dépassent la critique de l'enseigne pour amorcer une réflexion sur notre mode de vie.
- Réalisez le schéma actanciel de ce roman.

- Les personnages rencontrés par Ajatashatru, autant adjuvants qu'opposants, sont stéréotypés. Illustrez et commentez.
- L'humour est très présent dans le roman. Expliquez les différents ressorts utilisés par l'auteur pour faire sourire le lecteur.
- Quel lien pouvez-vous établir entre le roman *L'Extraordinaire Voyage du fakir qui était resté coincé dans une armoire IKEA* et le récit écrit par Ajatashatru ?
- D'après vous, en quoi le roman de Romain Puértolas se rapproche-t-il du conte *Candide* de Voltaire ? Comparez.

Votre avis nous intéresse !
Laissez un commentaire sur le site de votre librairie en ligne
et partagez vos coups de cœur sur les réseaux sociaux !

POUR ALLER PLUS LOIN

ÉDITION DE RÉFÉRENCE

- Puértolas R., *L'Extraordinaire Voyage du fakir qui était resté coincé dans une armoire IKEA*, Paris, Le Dilettante, 2013.

ÉTUDES DE RÉFÉRENCE

- Béraud-Sudreau C., « *L'Extraordinaire Voyage du fakir qui était resté coincé dans une armoire IKEA*, de Romain Puértolas », in *express.fr*, 30 novembre 2013, consulté le 23 aout 2017. http://blogs.lexpress.fr/les-8-plumes/2013/11/30/lextraordinaire-voyage-du-fakir-qui-etait-reste-coince-dans-une-armoire-ikea-de-romain-puertolas/
- « Conte », in *larousse.fr*, consulté le 23 aout 2017. http://www.larousse.fr/encyclopedie/divers/conte/36566

Retrouvez notre offre complète sur lePetitLittéraire.fr

- des fiches de lectures
- des commentaires littéraires
- des questionnaires de lecture
- des résumés

ANOUILH
- Antigone

AUSTEN
- Orgueil et Préjugés

BALZAC
- Eugénie Grandet
- Le Père Goriot
- Illusions perdues

BARJAVEL
- La Nuit des temps

BEAUMARCHAIS
- Le Mariage de Figaro

BECKETT
- En attendant Godot

BRETON
- Nadja

CAMUS
- La Peste
- Les Justes
- L'Étranger

CARRÈRE
- Limonov

CÉLINE
- Voyage au bout de la nuit

CERVANTÈS
- Don Quichotte de la Manche

CHATEAUBRIAND
- Mémoires d'outre-tombe

CHODERLOS DE LACLOS
- Les Liaisons dangereuses

CHRÉTIEN DE TROYES
- Yvain ou le Chevalier au lion

CHRISTIE
- Dix Petits Nègres

CLAUDEL
- La Petite Fille de Monsieur Linh
- Le Rapport de Brodeck

COELHO
- L'Alchimiste

CONAN DOYLE
- Le Chien des Baskerville

DAI SIJIE
- Balzac et la Petite Tailleuse chinoise

DE GAULLE
- Mémoires de guerre III. Le Salut. 1944-1946

DE VIGAN
- No et moi

DICKER
- La Vérité sur l'affaire Harry Quebert

DIDEROT
- Supplément au Voyage de Bougainville

DUMAS
• Les Trois
  Mousquetaires

ÉNARD
• Parlez-leur
  de batailles,
  de rois et
  d'éléphants

FERRARI
• Le Sermon sur la
  chute de Rome

FLAUBERT
• Madame Bovary

FRANK
• Journal
  d'Anne Frank

FRED VARGAS
• Pars vite et
  reviens tard

GARY
• La Vie devant soi

GAUDÉ
• La Mort du
  roi Tsongor
• Le Soleil des
  Scorta

GAUTIER
• La Morte
  amoureuse
• Le Capitaine
  Fracasse

GAVALDA
• 35 kilos d'espoir

GIDE
• Les
  Faux-Monnayeurs

GIONO
• Le Grand
  Troupeau
• Le Hussard
  sur le toit

GIRAUDOUX
• La guerre de
  Troie
  n'aura pas lieu

GOLDING
• Sa Majesté des
  Mouches

GRIMBERT
• Un secret

HEMINGWAY
• Le Vieil Homme
  et la Mer

HESSEL
• Indignez-vous !

HOMÈRE
• L'Odyssée

HUGO
• Le Dernier Jour
  d'un condamné
• Les Misérables
• Notre-Dame
  de Paris

HUXLEY
• Le Meilleur
  des mondes

IONESCO
• Rhinocéros
• La Cantatrice
  chauve

JARY
• Ubu roi

JENNI
• L'Art français
  de la guerre

JOFFO
• Un sac de billes

KAFKA
• La Métamorphose

KEROUAC
• Sur la route

KESSEL
• Le Lion

LARSSON
• Millenium I. Les
  hommes qui
  n'aimaient pas
  les femmes

LE CLÉZIO
• Mondo

LEVI
• Si c'est un
  homme

LEVY
• Et si c'était vrai…

MAALOUF
• Léon l'Africain

MALRAUX
• La Condition
  humaine

MARIVAUX
• La Double
  Inconstance
• Le Jeu de l'amour
  et du hasard

MARTINEZ
• Du domaine
  des murmures

MAUPASSANT
• Boule de suif
• Le Horla
• Une vie

MAURIAC
• Le Nœud
  de vipères

MAURIAC
• Le Sagouin

MÉRIMÉE
• Tamango
• Colomba

MERLE
• La mort est
  mon métier

MOLIÈRE
• Le Misanthrope
• L'Avare
• Le Bourgeois
  gentilhomme

MONTAIGNE
• Essais

MORPURGO
• Le Roi Arthur

MUSSET
• Lorenzaccio

MUSSO
• Que serais-je
  sans toi ?

NOTHOMB
• Stupeur et
  Tremblements

ORWELL
• La Ferme
  des animaux
• 1984

PAGNOL
• La Gloire de
  mon père

PANCOL
• Les Yeux jaunes
  des crocodiles

PASCAL
• Pensées

PENNAC
• Au bonheur
  des ogres

POE
• La Chute de la
  maison Usher

PROUST
• Du côté de
  chez Swann

QUENEAU
• Zazie dans
  le métro

QUIGNARD
• Tous les matins
  du monde

RABELAIS
• Gargantua

RACINE
• Andromaque
• Britannicus
• Phèdre

ROUSSEAU
• Confessions

ROSTAND
• Cyrano de
  Bergerac

ROWLING
• Harry Potter à
  l'école des sor-
  ciers

SAINT-EXUPÉRY
• Le Petit Prince
• Vol de nuit

SARTRE
• Huis clos
• La Nausée
• Les Mouches

SCHLINK
• Le Liseur

ISBN version numérique : 978-2-8062-656-85
ISBN version papier : 978-2-8062-656-92
Dépôt légal : D/2017/12603/761

Avec la collaboration de Kelly Carrein pour l'encadré sur « *Candide ou l'Optimisme* », ainsi que pour les chapitres « La structure du conte » et « Une aventure comique ».

Conception numérique : Primento,
le partenaire numérique des éditeurs.

Ce titre a été réalisé avec le soutien de la Fédération Wallonie-Bruxelles, Service général des Lettres et du Livre.